HISTOIRE ÉDIFIANTE ET CURIEUSE

DE

ROTHSCHILD Ier,

ROI DES JUIFS,

PAR

5e ÉDITION.

Prix : 30 centimes.

PARIS.

CHEZ L'ÉDITEUR, RUE COLBERT, 4,

Et chez tous les Libraires.

1846.

ROTHSCHILD Ier,

ROI DES JUIFS.

Imprimerie de Madame de LACOMBE,
Rue d'Enghien, 12.

HISTOIRE ÉDIFIANTE ET CURIEUSE

DE

ROTHSCHILD Ier,

Roi des Juifs,

PAR

SATAN.

Prix : 30 centimes.

PARIS.

CHEZ L'ÉDITEUR, RUE COLBERT-VIVIENNE, 4.

Et chez tous les Libraires.

1846.

EXTRAIT DU SOMMAIRE :

Royauté de Rothschild. — Les dynasties Juives. — Fould Ier et sa dynastie. — Fondateur de la maison Rothschild. — Il commence avec rien et capitalise des millions — Le Margrave de Hesse. — Les illustres rejetons. — Influence de 1815 et de Waterloo sur la fortune des banquiers juifs. —Les Biographes. — Audace de mein-herr James. — Trait sublime qui consiste à rendre un dépôt. — Toujours 1815 et les Rothschild. — 135 millions de prime. — Les emprunts des Rothschild sauvent la coalition et l'Angleterre. — Les Rothschild huissiers des rois. — L'emprunt de 1823. — Croix et honneurs. — Devise de la dynastie. —1830. — Nathan ou Satan. Scandales de l'emprunt de 1844. — Anecdotes. — *Chemin de fer du Nord.* — Fraude. — Scandale. — Ignominie. — *Guerre aux Fripons !* — Ovation des Rothschild. — Révélations. — Catastrophe du 8 juillet. — Ce que feront les Rothschild.

ROTHSCHILD Ier.

La royauté de Rothschild Ier est aujourd'hui officiellement reconnue. Il serait aussi difficile de la nier que de nier la noblesse d'un Montmorency, d'un Bourbon, d'un d'Orléans ou d'un Cobourg.

Avant d'être roi, Rothschild Ier fut le premier baron... juif de l'Europe ; avant d'être baron, il fut noble... de par l'Autriche et membre de la célèbre *dynastie* des Rothschild, fondée en 1743, lors de la naissance de *Meinherr* Mayer-Anselme, citoyen de Francfort.

Il y a en Europe trois grandes dynasties juives, celle des *Cohen*, celle des *Fould* et celle des *Rothschild*.

La dynastie des Cohen s'est éclipsée devant l'astre resplendissant des Rothschild.

Quant à la *dynastie des Fould*, c'est une autre paire de cornes de Moïse. Le chef des Fould prétend même à la royauté, mais moins ambitieux que James

Rothschild Ier, il ne vise qu'à la **couronne de France**, c'est une affaire à arranger entre la dynastie d'Orléans et la sienne. En attendant, il a pris le titre de Fould Ier.

Napoléon fut d'abord sous-lieutenant d'artillerie sous le règne de Louis XVI et sous la République.

Fould Ier consentait à être député sous le règne de Louis-Philippe, les électeurs ont été d'un autre avis, et Fould Ier a été prosaïquement dégommé, après avoir longtemps et silencieusement voté pour *ses futurs ministres*. Fould Ier s'appelle Benoit, comme Rothschild s'appelle James. Mais mons Benoit n'est pas le chef de la dynastie. Cet honneur appartient au père Fould, qui, après des *malheurs* successifs, fit fortune et abdiqua. Le père Fould laissa trois fils : Benoit, Louis et Achille.

Benoit fut député et son caissier peut dire que les voix qui lui furent *données* étaient bien certainement à lui, car il les paya assez cher pour cela. Une faillite électorale le priva de la députation. Fould Ier erra de colléges en colléges, toujours aussi Benoit que devant ; enfin, un arrondissement mordait à la manne électorale, composée de places dans toutes les administrations de chemins de fer connues, Fould Ier n'épargnait rien, son caissier peut le dire. Il avait même (pas le caissier, le prétendant) sollicité l'appui du clergé, c'était mal pour un fils d'Abraham. Le Benoit Fould avait songé à faire restaurer le clocher de la paroisse. Il avait donné à l'église de ces beaux tableaux, rouge, bleu et jaune, que l'on fait à Paris à tant la toise, et qui tant bien que mal ont la prétention de passer pour des portraits de saints. Cette conduite était digne de Machiavel ; hélas ! hélas ! hélas ! pourquoi n'a-t-elle pas réussi ?... C'est que l'illustre prétendant n'avait pas compté sur la candidature d'un abbé. Or, entre un abbé et un Juif, le choix du clergé ne pouvait être douteux. Pour se consoler, M. Benoit a reçu les remercîmens de la *fabrique* (1). Quant aux autres électeurs, ils reçoivent toujours avec un nouveau plaisir les faveurs de mons Fould Ier, mais ils votent pour M. Floret, qui est un représentant plus sérieux et dont le nom a plus de poids que celui de M. Fould, malgré ses 50,000 francs. M. Fould est, du reste, tout ce qu'il y a de plus banquier au monde; c'est lui qui dirige la boutique israélite, c'est lui qui organise les *primes*, les *reports*, les *commissions*, les *escomptes* et les chemins de fer *rive gauche*, nord, centre ou midi. Mons Benoit est le spéculateur de la dynastie.

Louis (Monsieur frère du roi) est un Fould débonnaire, admirateur des rats de la rue Lepelletier, fumeur éternel, banquier malgré lui, bon homme et spéculateur sans le savoir.

Trop éloigné du trône, M. Achille Fould représente sa *dynastie* dans la fashion parisienne; jeune prince du sang Fould, il prend à merveille le genre éreinté et souffrant; on le connait dans les coulisses de nos principaux théâtres, et son nom est inscrit dans le livre d'or de nos lorettes. Il s'adonne avec bonheur à l'élève des chevaux et des reines de Mabille, il fait aussi de la politique de boudoir et protège... des ministres à venir. La maison Rothschild abandonnerait volontiers quelques-uns de ses millions pour posséder dans ses rangs cet élégant gentilhomme. Quant à la partie féminine de la maison Fould, nous en parlerons peu. Récemment, une fille de cette royale maison, devait s'allier au marquis de Béthisy, déserteur du faubourg Saint-Germain et de

(1) Conseil de l'église.

bien d'autres choses. Elle n'a cependant ép qu'un comte de Breteuil: c'est déroger...p ol ousé Breteuil.

Revenons maintenant à nos Rothschild ! Nous aurions bien peut-être encore un mot à dire sur plusieurs dynasties, qui, sans être juives, n'en sont pas moins friandes d'or, de places et de dignités, mais ce serait un hors-d'œuvre, une digression inutile, et nous avons horreur de tout ce qui est inutile. Remarquons cependant un fait au moins singulier; dès qu'une famille se change en dynastie, elle pullule, se bifurque, s'allie, s'accroît d'après les procédés que l'on emploie pour élever les lapins et s'en faire 3,000 fr. de rentes. Voyez plutôt les dynasties Ternaux, Decazes, Laplagne, Perrier, Delessert, Wailly, Passy, Portalis, Calmon et Dupin. Nous en oublions et des meilleures.

La dynastie Rothschild est après la famille des Cobourg la plus nombreuse de l'Europe. Son fondateur fut M. Mayer Anselme Rothschild, né à Francfort-sur-Mein, en 1743. Orphelin à onze ans, il fut placé par charité à l'école de Forth et voulut d'abord se consacrer à l'enseignement, mais ses instincts de race ayant triomphé, il étudia avec un grand succès les différentes branches du commerce.

Pauvre colporteur, il alla son sac derrière le dos et son bâton à la main dans le Hanôvre; ayant trouvé à se placer chez un banquier il y resta quelques années et se retira ensuite à Francfort, où il se maria, et commença à faire quelques petites affaires.

Anselme Rothschild était plein d'activité et savait parfaitement que si *un* et *un* font *deux*, *deux* et *deux* font *quatre*. Il sut si bien multiplier, que sa fortune s'arrondit à merveille.

Au bout de quelques années il se trouvait millionnaire et de plus ami du margrave de Hesse, un petit prince allemand dont la connaissance lui fut très-utile. L'arrivée des Français, en 1806, faillit couper court à ses prospérités; le margrave avait pris la fuite et M. Rothschild ne trouvait plus à emprunter au 4 et à prêter au 5, ce qui momentanément lui empêcha de gagner le 200 p. 0[0 sur ses petites affaires (1).

Les Rothschild en ont toujours un peu voulu aux Français qui ont arrêté l'essor de la fortune paternelle. L'électeur de Hesse ayant courageusement pris la fuite n'avait pu comme Bilboquet *sauver la caisse*, mais il l'avait confiée à son ami Anselme. Celui-ci agiota avec les fonds du margrave, et six ans après il se trouvait plus riche que jamais. Son plus grand désespoir était de ne pas revoir le courageux hessois. Il y pensait encore en 1812, lorsqu'il mourut laissant une dizaine de millions et autant d'enfans.

L'histoire ne nous a laissé que les noms des cinq fils du *banquier* de Francfort, quant aux cinq filles elle n'en souffle mot, c'est peu galant de la part de l'histoire mais c'est comme ça.

Au défaut de Mesdemoiselles Rothschild nommons donc leurs aimables frères.

1º M. Anselme Rothschild, né à Francfort-sur-Mein, le 12 juin 1773.

2º M. Salomon Rothschild, né le 9 septembre 1774.

3º M. Nathan Rothschild, né le 16 septembre 1777, mort à Francfort en 1836, après avoir fondé

---

(1) L'auteur nous paraît dans l'erreur. M. Rothschild avait commencé avec rien et pour devenir millionnaire en peu d'années, avec zéro pour capital social, il faut prêter a un taux tant soit peu plus élevé que le taux légal.

(Un banquier.)

deux maisons, celle de Manchester et celle de Londres.

4° M. Charles Rothschild, né le 24 avril 1788, dirigeant les maisons de Naples et de Francfort.

5° M. James Rothschild, né le 15 mai 1792.

A la mort de Mayer Anselme, les Rothschild formèrent une vaste association et fondèrent diverses maisons dans toutes les capitales de l'Europe.

A l'exemple de la célèbre Compagnie des Jésuites, les Rothschild eurent un *général* qui résidait à Francfort et des chefs de province.

James-le-Grand, fut, dès 1812, le *provincial de Paris*. Il y prospéra, y boursificotta et s'y maria avec sa nièce, mademoiselle Rothschild, fille de son frère Salomon.

L'AN 1815 fut l'an de grâce des Rothschild, qui dès-lors, imitant les Montmorency et les Noailles, firent faire leurs glorieuses biographies sous le titre pompeux de :

MAISON ROTHSCHILD !...

Les divers scorpions littéraires et faméliques qui ont eu la gloire de raconter au monde l'histoire héroïque de la maison Rothschild, se sont arrêtés sur ce fait remarquable !

Le landgrave de Hesse étant revenu dans ses états, MM. de la *Maison* Rothschild lui offrirent de lui rendre les fonds qu'il avait confiés à leur père, et même comme ces fonds avaient servi à édifier leur fortune ils offrirent d'en payer les intérêts !!!

Après ça parlez-nous si vous l'osez du désintéressement de Turenne ou de la fidélité de Régulus à tenir ses engagemens ? Trouvez si vous le pouvez un pareil trait dans l'histoire de tous les peuples, celle des Hébreux comprise ?

Non, ne vous fatiguez pas à chercher, vous ne trouveriez pas.

Le margrave de Hesse avait confié ses millions, on les lui rendit, et ajoute le scorpion de lettres, auquel nous devons la révélation de ce fait mémorable : *l'électeur fut étonné* (1).

Depuis 1812, la *Maison* Rothschild était venue *généreusement* au secours des *Maisons* impériales de Russie et d'Autriche et des *maisons* royales d'Angleterre et de Prusse.

Entre grandes maisons on doit se soutenir. Les millions des frères Rothschild payèrent, en 1814 et en 1815, bien des trahisons, aussi est-ce seulement par modestie que les Rothschild ne disputent pas à Blücher ou à Wellington la gloire d'avoir renversé le colosse impérial.

La corruption engendre les vers.

Les cadavres attirent les vautours.

Les grandes catastrophes font vivre les agioteurs.

Après le 20 mars, Napoléon s'était mis à la tête de la France militaire. Les destins de l'Europe allaient être décidés à Mont-Saint-Jean. Le vautour avait suivi la trace de l'aigle, Nathan Rothschild était en Belgique les yeux fixés sur Waterloo. Il avait d'avance organisé des relais jusqu'à Ostende ; lorsqu'il vit tomber foudroyée cette garde impériale, qui mourait et ne se rendait pas, il partit lui-même à franc-étrier. Arrivé à Ostende, il voit mugir la tempête, les marins déclaraient la traversée impossible ; mais est-il quelque chose d'impossible à la cupidité ? A force d'or Rothschild détermina quelques hommes à partir avec

____

(1) Voilà un étonnement singulièrement placé. Qu'en disent MM. les Juifs ?

lui dans une barque, comme César: Meinherr Nathan risquait sa fortune. Le succès couronna son audace : il arriva à Londres, 24 heures avant l'arrivée des nouvelles ; il gagna d'un seul coup vingt millions, tandis que ses autres frères le secondant, le bénéfice total fait dans cette fatale année s'éleva à 135 MILLIONS !

Avant 1815, MM. Rothschild étaient de très forts banquiers, après 1815, ils furent les maîtres de la banque. Ils avaient rendu service aux rois par des emprunts dont les peuples payaient l'intérêt : pendant que la France était appauvrie et vaincue, ils triom- phaient.

Leur royauté d'agiotage et de bourse date de 1815 et de *Waterloo*.

MM. les scribes du ministère-Guizot, taillez vos plumes en l'honneur des Rothschild, ils se sont enrichis de notre appauvrissement et de nos désastres ; ils ont mis leur or au service de la coalition des rois. Et s'ils sont restés chez nous, ils y sont restés comme la sangsue reste sur la veine de l'homme !

Les vainqueurs de 1815 se sont montrés reconnais-sans, contre l'habitude des rois. L'empereur d'Autriche a ennobli la *Maison* Rothschild en masse et, en 1822, il a accordé le titre de *baron* au chef de la famille. Le roi de Prusse les a nommés conseillers intimes du commerce, et tous les rois leur ont pro-digué les croix de tous les ordres.

Dans une biographie *payée* par M. Rothschild, nous trouvons une phrase curieuse à lire (1) la voici:

---

(1) On connaît à Paris, une race de *soi-disant écrivains* qui spécu-lent sur l'orgueil des hommes en évidence. Ces spéculateurs ont fondé divers recueils consacrés spécialement à ceux qui veulent payer leur gloire. Le *Biographe* fait des biographies à tous prix en

§ †« James Rothschild vint se fixer à Paris, où, plus
« tard, il devait jouer un rôle si brillant, et nous
« étonner par le spectacle inoui de *cette espèce de*
« *royauté individuelle,* donnant la main, que dis-je ?
« *imposant des lois à ces royautés officielles qui préten-*
« *daient naguère ne relever que de Dieu ou du peuple,*
« *ou de leur épée, et que l'on voit s'incliner aujour-*
« *d'hui devant la toute-puissance de la fortune.* »

L'aveu est naïf, il veut dire, en outre, que les *rois
officiels* ne relèvent pas seulement du peuple ou de
leur épée, mais encore de la maison Rothschild ! Est-
ce assez insolent et Meinherr James a-t-il pu sans
rougir laisser subsister une pareille phrase dans une
biographie à laquelle il souscrivait pour un grand
nombre d'exemplaires (1).

Après la signature des odieux traités de 1815, les
Rothschild furent chargés par le gouvernement anglais et par la plus grande partie des princes coalisés
du recouvrement de leurs créances sur le gouvernement français. Cet emploi d'huissier leur rapporta
considérablement.

Jusqu'en 1823, les Rothschild ne traitèrent pas
avec le gouvernement français ; à cette époque, ils
firent l'emprunt de 414 millions, ils négocièrent aussi

leissant au biographié le droit de *corriger les épreuves.* Les recueils
faits sous une seule influence, celle de l'argent, sont : *La Renommée,*
le *Biographe universel,* les *Notabilités* et les *Annales contemporaines.* Les biographies de Rothschild ont paru dans tous ces recueils. Ils *en ont corrigé eux-mêmes les épreuves* et payé en exemplaires la composition et la rédaction. — Ce qui veut dire qu'ils en
ont la responsabilité.

(1) La composition, le tirage et le papier de la Biographie Rothschild n'a pu, dans aucun recueil, dépasser 100 fr , en prenant pour
200, 500 ou 600 francs d'exemplaires, M Rothschild payait donc sa
gloire un peu cher. Les illustres biographiés rougiraient de payer un
biographe, mais souscrire, c'est autre chose.

II.

l'emprunt de Prusse de 125 millions. Les différens emprunts qu'ils ont négociés se montent aujourd'hui à plus de *huit milliards*, dans lesquels l'Angleterre entre pour plus de *deux milliards*. Les Rothschild trouvèrent ainsi le moyen d'être utiles aux rois en le faisant lourdement payer aux peuples.

Les rois les bardèrent de croix, les ennoblirent, les *baronisèrent*, en firent des conseillers du commerce ou des consuls, mais ils ne purent les empêcher d'être les vampires du commerce et les fléaux des nations.

La dynastie Rothschild a pris pour devise :

Concordia, industria et integritate.

La concorde n'a pas cessé de régner entre eux, mais les loups vivent aussi très bien en famille ; quant à l'industrie c'est le fort des Rothschild ; l'*intégrité* leur appartient, si elle consiste seulement à payer ses billets et faire face à ses engagemens. Mais l'intégrité défend les jeux de bourse scandaleux dans lesquels on joue à coup sûr, dans lesquels on compte le bénéfice avant d'avoir déposé les cartes. Nous ne comprenons pas l'intégrité autrement.

Le 15 novembre 1823, M. Rothschild, soumissionnaire de l'emprunt français, recevait la croix de chevalier de la Légion-d'Honneur ; depuis, chaque million qu'il a gagné lui a valu un grade nouveau, aujourd'hui il est *commandeur de l'Ordre !*

La biographie des Rothschild que nous avons entre les mains, et que M. Rothschild possède comme nous à cent ou deux cents exemplaires, dit :

« Conquérans pacifiques, marchant plus sûrement
« à la conquête du monde que *César*, avec cette
« terrible épée devenue le sceptre de la domination

« universelle, et qui devait se briser si vite, ils se
« partagèrent l'Europe comme un patrimoine. »

L'arrogance peut-elle aller plus loin, un Rothschild
se mettre au-dessus de César, cela ferait frémir de
colère, si cela ne faisait dégoût et pitié.

Qu'ils soient chevaliers de tous les ordres de l'Europe, cela nous importe peu, et cela ne fait tort
qu'aux ordres de l'Europe.

En 1830, la fortune des Rothschild fut un moment
compromise, mais elle se raffermit bientôt, et les
membres de la dynastie virent leur crédit doubler
sur les gouvernemens de l'Europe. *Ils imposèrent la
paix au gouvernement français.* Ils l'imposèrent partout, et par leurs capitaux, et par une diplomatie
aussi habile qu'astucieuse, les rois ne sont que leurs
seconds ; *n'avouent-ils pas qu'ils se sont partagé
l'Europe comme un patrimoine?*

Ils ont, en 1830, négocié l'emprunt de 80,000 millions à un taux très élevé ; ils concoururent, en 1831,
à l'emprunt de 120 millions, de 150 millions
en 1832.

De 200 millions, en 1844. Ce dernier emprunt fut
un sujet de scandale pour la France, et M. le ministre
des finances fut accusé de sacrifier les intérêts du
pays à ces juifs allemands, qui, depuis 1815, se
sont abattus sur nous comme sur une proie.

Nathan Rothschild a cependant utilement servi un
pays, *l'Angleterre!* En 1813, le génie de Napoléon
avait ruiné le crédit de cette puissance, par haine de
la France, Nathan prêta au gouvernement anglais
78 millions de livres sterling, plus de deux milliards.
C'est à l'or de ce juif que la France dut alors ses
désastres, comme c'est à l'or de son frère qu'elle
dut, en 1845, ses honteux agiotages, et en 1846, la
mort des voyageurs du *chemin de fer du Nord.*

On a demandé l'expulsion des Jésuites, les Rothschild sont plus à craindre qu'eux.

La maison de Londres a éprouvé quelquefois de
très fortes secousses. L'emprunt de lord Barclay ou
fondation des bons de l'échiquier lui fit perdre
500,000 livres sterling.

La guerre d'Espagne, en 1823, fut cause d'une
crise très grave pour la dynastie israélite. La conver-
sion des rentes de M. de Villèle aurait peut-être
ruiné cette maison, si elle avait passé à la Chambre
des pairs, où elle ne fut repoussée qu'à la majorité
d'une voix.

L'emprunt Polignac aurait pu être très mauvais
pour M. Rothschild, mais, prévenu à temps, il sut s e
mettre à peu près à couvert et laisser à ses associés
tout le poids de cette affaire.

Pour les affaires de changes et les opérations d'argent, nous devons dire que la maison Rothschild est
moins rapace que nos petits banquiers, mais cela
tient à ses nombreuses relations et à l'immensité de
ses capitaux.

M. Nathan Rothschild avait épousé, à Londres, une
fille de M. Cohen. A sa mort, en 1836, il a laissé trois
fils qui ont pris la suite de sa maison de banque.

Depuis 1836, le sceptre appartient à James Roths-
child Ier, *roi de l'Europe, de l'Asie, de l'Afrique, de
l'Amérique, de l'Océanie et aultres lieux,* et surtout
roi des Juifs !

Ce puissant monarque a établi sa résidence à Paris, rue Laffitte, 40, *tournez le bouton, S. V. P.* Il va
sans dire que d'après ses biographes et ses poètes
(M. James a l'un et l'autre), M. James a toutes les
vertus royales, le génie lui est venu en même temps
que ses premières dents. S. M. Rothschild met sou-
vent son nom à quelques souscriptions, il donne

quelques bribes par-ci par-là, mais aussitôt les journaux sont les confidens du banquier, et sa main droite sait toujours le chiffre de ce que peut donner la main gauche. Avec une fortune comme la sienne, M. Rothschild ne peut s'empêcher de donner, c'est du reste une *réclame* bien placée.

S. M. Rothschild a pris part à toutes les entreprises de *Chemins de fer*. Il a fait en son nom le

CHEMIN DE FER DU NORD !

Dans l'intérêt du pays, la Chambre des députés avait voulu que les chemins de fer fussent faits par les compagnies, M. Dumon, ministre des travaux publics, planta la première pierre de l'agiotage en prononçant l'adjudication **du** *Chemin de fer* du Nord. Nous allons citer une brochure qui a eu la plus grande publicité, et que personne n'a eu la pensée de réfuter :

Guerre aux fripons, vol. in-32, aujourd'hui entièrement épuisé (1).

« Le monopole par l'Etat était dangereux pour la liberté. La concession directe pouvait servir la corruption et les fraudes électorales. La libre et sérieuse concurrence paraissait réunir toutes les garanties pour la liberté et le bien-être du pays. Mais qu'est devenue la concurrence en présence de ces fusions scandaleuses qui ont eu lieu la veille de l'adjudication, alors qu'aucune nouvelle compagnie ne pouvait avoir le temps de se former.

____

(1) *Guerre aux Fripons* a paru en décembre 1845, il y a huit mois environ ; cette brochure se vendait 50 c., elle vaut aujourd'hui 1 fr. 50 c. et 2 f. en librairie ; elle sera réimprimée dans ce même format à 30 c., dès que l'auteur aura complété ses documens.

« En face de la loi aussi audacieusement violée, le ministre devait s'abstenir et non céder à l'influence d'UN NOM et à la coalition financière. La concèssion directe était alors mille fois préférable, en ce qu'elle permettait au ministre de débattre les intérêts du pays et de l'Etat.

« La concurrence sans concurrent devient, à l'aide d'un rabais illusoire, l'usurpation des intérêts les plus sacrés.

« Pour la ligne du Nord, la maison Rothschild s'est présentée seule, et à l'aide de quelques jours de rabais, a obtenu des avantages immenses. Se jugeant elle-même, la Compagnie du Nord s'était condamnée; le coupable veut seul corrompre son juge.

Les membres des deux Chambres ont reçu du magnifique banquier plus de quinze mille actions; les journalistes influens en ont reçu, qui soixante-quinze, qui cent, qui davantage encore. *Ces prodigalités s'adressaient à des juges!* (1) »

Est-ce clair?... Continuons...

« Le DIEU du *Chemin de fer du Nord* ayant vu la prime de ses actions de 500 fr. monter à 348 fr., a cru devoir aviser immédiatement à l'enlèvement des primes, ce qui fait que le Dieu n'a plus rien de commun avec la ligne du Nord (1), mais il a bénéficié de 140 millions à peu près, et ce gain compense assez convenablement une perte récente d'une quinzaine de millions. Que lui importe après cela les malédictions de la Bourse, le riche fils d'Israël se souvient que ses pères ont adoré le veau d'or. » (page 30 id.)

(1) Voyez la brochure de *Timon*, pages 22 et 25.

(1) Oui, mais après avoir vendu avec prime on rachetaà la baisse.

A propos de l'emprunt de 200 millions, en 1844, dont nous avons parlé plus haut, le *National* dénonçait avec énergie une opération financière faite aux dépens du pays dans l'intérêt d'un seul homme, le vigoureux article du *National* fit affluer les souscripteurs chez M. James, qui s'écria avec sa grosse gaîté de traitant : — *Je désire que le National ait autant de patriotisme une autre fois, mes souscriptions seront enlevées en vingt-quatre heures.*

Il faudrait des volumes pour raconter tous les scandales de l'exploitation de la ligne du Nord, la filouterie des Anglais qui, après avoir reçu au pair des actions, les vendirent à Paris avec prime, ce dont M. James fut averti par la maison de Londres, et ce qui fit qu'au lieu de perdre, comme les autres capitalistes, il gagna. Du reste, les Rothschild n'ont jamais gagné que dans nos désastres; lorsque la France gagnait, la maison Rothschild perdait. Cette maison est notre mauvais génie. Sa splendeur date de nos premiers malheurs : elle porte en elle un signe de répulsion que rien ne saura effacer. Ce signe, disons-le encore, c'est 1815.

Citons, pour terminer avec tant de scandales, cette curieuse note de *Guerre aux fripons*, pages 59 et 60. — « UNE HONNÊTE MANOEUVRE : Lorsque M. Rothschild créa la Compagnie des chemins de fer du Nord, le nombre des actions à 500 fr. fut fixé à 300,000; mais la prime s'étant montrée sous de belles apparences, M. Rothschild eut l'idée de créer 100,000 actions supplémentaires. Elles étaient, disait-il, indispensables; il fallait 15 millions pour l'embranchement de Fampoux, or, 30,000 actions; celui de Creil étant évalué à 35 millions, la création de 70,000 actions était des plus nécessaire. Fampoux fut adjugé à la Compagnie O'Neil, et Creil ne fut adjugé que beaucoup plus tard par une autre compagnie. En face de ces deux faits, M. Rothschild réduisit ses actions supplémentaires de 500 fr. à 125 fr.; mais le Conseil d'état exigea la conservation du premier nombre d'actions et la suppression des supplémens, Rothschild, le roi des banquiers, s'est soumis. Il ne fera pas un appel de fonds, il remboursera, au contraire, mais grâce à ce petit supplément, si habilement trouvé, 30 millions sont entrés dans sa caisse. Conserve-t-il *integritate* dans sa devise? »

Le scandale du brocantage des actions n'était rien encore; celui des constructions vint ensuite. Les sous-traitans trafiquèrent sur le travail et sur les matériaux. La chute du viaduc de Barentin appela sur eux l'attention de l'opinion publique. Si les travaux s'écroulaient ainsi avant d'être achevés, qu'arrive-rait-il dès qu'ils seraient livrés au public?

Au mois d'avril, les Rothschild menacèrent l'industrie du fer, en achetant l'usine de Denain exploitée par M. Hamoir et Ce. Ils payèrent 6 millions ce qui était exploité avec un capital de 3,500,000 fr. Mais leurs immenses capitaux rendant toute concurrence impossible, le public devra tôt ou tard indemniser les banquiers.

Intéressée dans les compagnies *Speletta* et *Pereire*, la maison Rothschild a réalisé d'immenses bénéfices malgré les imprécations publiques et les faits dévoilés courageusement à la Chambre des députés; quand tous les corps de l'Etat avaient été *achetés* en partie, la vérité devait trouver des sourds sur les bancs des deux Chambres.

Le 15 juin 1846 fut annoncé comme devant être l'époque du couronnement de Rothschild Ier et l'i-nauguration du *Chemin de fer du Nord*, les rédacteurs de l'*Epoque*, des *Débats*, de la *Presse* et du *Siè-cle*, se firent les plats historiographes de l'ovation du premier baron juif.

Les Chambres, les princes, la presse, la magistrature, l'industrie, l'armée et le barreau avaient été invités à cette inauguration qui, par une précipitation criminelle, pouvait couvrir la France de deuil. *Meinherr* Rothschild avait annoncé qu'il voulait faire *généreusement* les honneurs de *son* chemin de fer à deux mille spectateurs : la curiosité avait été grande, elle aboutit à une mystification. A part quelques privilégiés, les invités avaient été entassés dans des wagons de seconde classe, sans stores ni rideaux le soleil y dardait ses rayons, la poussière aveuglait et il était impossible de voir à dix pas devant soi. La promesse d'un splendide déjeûner à Amiens faisait cependant prendre patience. Arrivés à Amiens, les malheureux invités trouvèrent à peine une cinquantaine de brioches et quelques rares carafes de limonade ; les employés ou agens du célèbre juif allemand s'excusèrent sur le premier convoi qui, disaient-ils, avait tout dévoré ; or, pareille aventure était advenue au premier convoi. Plus tard, les agens inventèrent une autre fable : *S. M. Rothschild I*er avait voulu offrir un déjeûner à Amiens, mais la ville lui ayait disputé cet honneur, et cela ne le regardait pas si la ville avait si mal rempli les devoirs de l'hospitalité. Malheureusement, M. le maire d'Amiens démentit cette nouvelle et le premier baron juif fut bien et dûment convaincu de ladrerie au premier chef. Le coup-d'œil de la gare d'Amiens fut un instant curieux : les hommes les plus haut placés s'y disputaient avec acharnement un échaudé ou une brioche, un verre de limonade ou un simple morceau de pain. Mais le signal est donné, les victimes remontent dans

les wagons ; à cinq heures, elles aperçoivent Lille.
C'était l'heure du banquet ! Mais les grands seigneurs
n'étaient pas prêts, et les invités durent attendre deux
heures encore entassés dans un obscur couloir. Cependant les Anglais, les panégyristes du puissant
baron et quelques amis entraient dans la salle du
festin, tandis que le commun des martyrs mourait
d'inanition. Enfin, le duc de Nemours arrive, la con-
signe est levée. Tout le monde se précipite, les ta-
bles sont servies plus ou moins suivant les invités. A
la table de M. le duc de Nemours et des princes sont
assis M. Rothschild et M. Pereire, ainsi que les principaux administrateurs du chemin de fer. Pendant
que le riche juif a l'honneur d'être assis près d'un
prince royal, des généraux et des maréchaux trou-
vent avec peine un petit coin de table.

Amphytrion Rothschild appelle cela faire les honneurs de *son* chemin de fer, il porte des toasts, il
brille d'arrogance et a l'air d'honorer les princes de
sa présence, le monarque agioteur du chemin du
Nord n'a plus assez des millions sans nombre qu'il a
gagnés aux familles françaises. Ce spéculateur est pour
ses flatteurs le plus grand génie de l'époque. (Lisez
l'*Epoque.*)

Les lettres contemporaines se déshonorent en lui
prodiguant de stupides hommages. Quel est donc cet
homme ? Un capitaliste qui s'enrichit sans cesse quand
des pères de famille perdent jusqu'à leur dernier
morceau de pain.

Après le banquet, un bal eut lieu ; il fit honneur à
la ville de Lille. Après ce bal, les agens de M. Rothschild s'emparèrent encore de leurs invités et les je-
tèrent en Belgique avec une grossièreté et des procédés dignes de leur patron.

Les éloges grotesques ne manquèrent cependant

pas au roi des financiers. Turcaret trouva des *colle-tets* plus ou moins crotés qui vantèrent sa politesse et ne dirent pas un mot de toutes les turpitudes de ses agens. Le jour de l'inauguration, les agens du juif de Francfort se permirent de tutoyer les voyageurs, de leur sauter à la gorge, de les menacer de la garde et de les asphyxier dans des salles d'attente. C'était peut-être une juste punition de la bassesse de quelques invités qui mêlèrent les cris de : *Vive le roi ! vivent les princes !* au cri de *vive Rothschild !* En entendant un pareil cri *Paul-Louis Courier* aurait eu raison de dire : « *La France est un peuple de valets.* »

Quelques jours à peine après cette inauguration qui avait servi de couronnement au *Veau d'Or* d'Is-raël, les voyageurs qui, pour leur malheur, s'é-taient confiés à l'administration de M. Rothschild, accablaient les journaux de leurs plaintes, sur la brutalité, l'incurie et l'insolence des gens du haut et puissant baron si récemment passé roi *in par-tibus*.

Les journaux ministériels ont été unanimes pour couvrir cet homme de fades louanges et d'insipides éloges. Ils ont été unanimes pour dire que le *Che-min de fer du Nord* était son œuvre, qu'il en avait été le génie créateur et qu'à lui seul en revenait la gloire. Que ces sottes louanges l'accablent aujourd'hui, comme elles exaltaient hier son orgueil. Il a trouvé son Capitole, qu'il trouve sa roche Tarpéienne au pied des tribunaux.

Il en eut la gloire, disiez-vous ? Eh bien ! qu'il en ait aujourd'hui la honte et la responsabilité.

HISTOIRE DE LA CATASTROPHE DU 8 JUILLET
Et du Chemin de fer du Nord.

Depuis la fondation du chemin du Nord MM. les coactionnaires de Rothschild Ier ont organisé la conspiration du silence. Le 8 juillet, le bruit d'une catastrophe circulait à Paris; le 10, la nouvelle était confirmée sans qu'on sut à quoi attribuer les rumeurs qui avaient agité la Bourse de Paris. En voici la cause : le dimanche, 5 juillet, un événement avait eu lieu à Rœux entre 7 et 8 heures; ses conséquences auraient pu être terribles. Elles ne donnèrent seulement pas l'éveil à l'administration. Le 9, l'incurie des employés occasionna un accident qui blessa seize personnes; le 12, un tender se brisa et une chaudière éteignit le feu de la locomotive. Le 17, enfin, le machiniste prit par erreur la voie condamnée et sans les signaux qui furent faits *cinq minutes* plus tard, tout le convoi allait s'engloutir dans le marais de Fampoux.

Ainsi, du 5 au 17 juillet *cinq* événemens ont eu lieu sur le *chemin de fer du Nord*; tous ont été démentis... pour être avoués le lendemain. Nous nous joignons donc à l'opinion du *Courrier Français* et nous demandons la suspension de la circulation sur ce chemin jusqu'à ce que des travaux suffisans viennent protéger la vie des voyageurs. En attendant, le marais de Fampoux a rendu trente-nenf cadavres et non pas *quatorze*, osera-t-on me démentir? j'attends.

Le convoi était parti à 7 heures du matin de Paris, il était composé de 29 voitures traînées par deux locomotives; vers les deux heures de l'après-midi, un chauffeur qui arrivait avec le convoi de Belgique est tombé de la locomotive sur les rails, près de la station de Fives; transporté à l'hôpital Saint-Sauveur il est mort dans la soirée. Ce malheureux événement n'était qu'un triste prélude. A trois heures cinq minutes, le convoi arrivait en face de Fampoux; il faisait alors douze lieues à l'heure; depuis un moment, des cahots assez violens avaient déjà alarmé les voyageurs. Tout-à-coup, au moment où l'on traversait une courbe établie sur un remblai que baigne un lac profond, qui s'étend sur un sol de tourbière, les rails se trouvant affaissés, rompus ou disjoints, laissèrent une solution de continuité que la première locomotive parvint à franchir; la seconde fit une trouée dans le remblai sablonneux et se ficha en terre sans dérailler complètement. La violence du choc fut telle qu'au quatrième wagon, les chaînes se brisèrent comme du verre, les voitures poussées par leur propre élan se précipitèrent vers le marais, roulèrent sur le talus et disparurent. Ce fut alors un affreux spectacle! Treize wagons avaient été engloutis les uns sur les autres; l'un d'entre eux avait été littéralement broyé. Trois autres après avoir tourné un instant sur eux-mêmes furent submergés. Tout le convoi vint fondre sur eux; mille cris de désespoir se firent entendre! Les voyageurs des wa-gons les moins maltraités cherchent à briser les fenê-tres; ils sortent ensanglantés, retombent dans le marais, sont recueillis par les dragueurs ou dis-paraissent à jamais dans la tourbière. M. Lestibou-dois, député de Lille, retiré de l'eau au moment où ses forces l'abandonnaient, rend avec usure la preuve de dévoûment qu'il vient de recevoir. Il était avec six personnes enfermé dans le second wagon sub-mergé, une lutte horrible s'était engagée entre ces malheureux prisonniers. En se débattant, M. Lesti-boudois cassa une glace, voyant que c'était le seul moyen de salut, il brisa le reste avec ses mains et sortit par la portière; un instant après il était sauvé et avec lui ses malheureux compagnons de captivité. On voyait de tout côté la douleur, le désespoir et un sublime dévoûment: un pauvre graisseur, nommé *Carré* a sauvé cinq personnes. M. Hovelt et quelques autres employés se sont distingués par leur courage. Nous avons vu un Anglais qui, le bras cassé en deux endroits, voulait cacher sa blessure à sa femme et s'occupait avec la plus touchante sollicitude de quelques légères contusions qu'elle avait reçues. Près de là, une malheureuse mère cherchait en vain ses deux enfans; un homme d'une trentaine d'années cherchait vainement à ranimer le cadavre de sa mère.

Pendant plus de deux heures les blessés, au nombre de cinquante-six à soixante, sont restés privés de secours, si ce n'est de ceux que pouvait leur prodiguer M. Lestiboudois qui, en sa qualité de médecin, quoique blessé lui-même, n'avait pas voulu quitter le lieu de la catastrophe; enfin, un premier convoi est venu de Douai, il était chargé de médecins, de sœurs de charité, de prêtres et de citoyens généreux, il a enlevé les blessés et les a transportés à Douai, où ils ont été accueillis et soignés en frères.

Les voitures qui, par un hasard providentiel, n'ont pas été entraînées, contenaient : Mme la princesse de Ligne, la maréchale Lauriston, le général Oudinot et sa femme; on dit la princesse de Ligne légèrement blessée; l'aide-de-camp de M. Oudinot, blessé d'une manière horrible, a long-temps passé pour mort.

C'est affreux à voir! ces morceaux de vêtemens, ces voiles, ces chapeaux, ces voitures brisées surnageant à côté des membres épars et des entrailles sanglantes. Le lac a une immense profondeur; on a vainement essayé autrefois de le combler, son fond de sable mouvant ne peut être que plus dangereux; on

n'estime pas à moins de 40 pieds sa véritable profondeur.

Les soldats du train déblayent sans relâche, il y a
encore quatre wagons et une voiture qui, peut-être,
ne pourront pas être retirés.

L'administration des chemins de fer continue son
système de mensonge. Elle a nié, dès le premier
jour, qu'il y eût eu une catastrophe. Elle cache aujourd'hui le nombre des morts. Nous affirmons donc
aujourd'hui que ce nombre n'est pas de 14, mais
de 39. Puisse-t-il ne pas s'élever plus haut.

Le vendredi, 10 juillet, en dépit de toute prudence,
un convoi venant de Belgique est arrivé sans que les
signaux aient été faits. Heureusement, le nommé
Réboul, conducteur de diligence, avait eu le temps
d'apercevoir l'encombrement causé par les chèvres
de sauvetage. Il exigea que l'on diminuât la vitesse ;
grâce aux énergiques réclamations des voyageurs,
les employés cédèrent ; mais ils accablèrent Réboul
de menaces et surtout de la vengeance et la colère
de M. Rothschild !

Arrivé sur le lieu du sinistre, le convoi étant encore
en plein mouvement, a brisé les chèvres et les a lancées sur les soldats ; quatre de ces malheureux ont
eu les jambes brisées, et 16 ouvriers ont été plus ou
moins blessés. Si, par malheur, les chèvres avaient

été lancées sur les rails, une seconde catastrophe aurait couvert de deuil des centaines de familles.

Comme le chemin de Versailles, celui du Nord a eu son baptême de sang ; dès le premier jour, le 8 juillet, MM. les administrateurs et autres, ont su la nouvelle ; elle leur a servi à brocanter des actions, à piper l'argent des dupes. Que les tribunaux les condamnent à *deux cent mille francs* de dommages-intérêts, la complaisance ministérielle qui, pendant quarante-huit heures, a caché la nouvelle, leur a fait gagner des millions. Quand on a agioté sur les cadavres de Waterloo, on peut agioter sur ceux des victimes du *Chemin du Nord !*

Le 8, M. Dumon a reçu une dépêche et il s'est tu, et il a laissé des exploiteurs *jouer à coup sûr*. Le 9, il a reçu un rapport du préfet, et il s'est tu encore, et les agens de M. James Rothschild ont osé prétendre que les bruits alarmans étaient faux, qu'ils étaient propagés par la malveillance, pendant que le *monde officiel* mentait, ou se taisait, ou *volait* à la Bourse. M. Rothschild savait bien ce qu'il faisait quand il donnait au pair tant d'actions, quand un grand personnage en recevait *mille* pour sa part. L'auteur de *Guerre aux Fripons* a dit, il y a huit mois : « *Ces prodigalités s'adressaient à des juges.* » Avait-il raison ? L'exploitation de M. Rothschild débute par des cadavres. Cet homme n'avait-il pas assez de notre or,

lui livrera-t-on jusqu'à notre sang? Les tribunaux se-
ront-ils muets devant ce consul d'Autriche? L'impu-
nité de tant de meurtres finirait par fatiguer l'opinion
publique.

« Ce chemin de fer du Nord, dit le *National*, a
déjà causé dans le monde financier comme dans le
monde moral, les plus graves désordres. Il a été un
des instrumens de conversions les plus scandaleuses
à la Chambre. N'était-ce pas assez de pervertir ceux
qu'il attirait? Faut-il qu'aux premiers jours de son
existence il tue ceux qui se fient à lui? »

Le Gouvernement et la Compagnie sont tous deux
coupables. La Compagnie pour son défaut de sur-
veillance et la mauvaise organisation de son service,
le Gouvernement pour la mauvaise construction de
la voie (le 21 juin, l'ingénieur du chemin de fer du
Nord a été décoré!!!). Les traitans qui ont livré ce
chemin de fer à M. Dumon, ont fait une infâme spé-
culation! Les rails sont trop étroits et trop minces,
l'épaisseur des maçonneries a été audacieusement
diminuée : et la loi ne punit pas de mort l'homme
qui, pour un peu d'or, joue ainsi la vie de centaines
de personnes?...

Le génie avait prévenu le gouvernement que le
passage du chemin de fer par Fampoux et Rœux était

dangereux. L'intérêt personnel a étouffé cet avis; dès les premiers jours, les ingénieurs ont proclamé le peu de viabilité des travaux, mais M. Rothschild était privé de jouir de son chemin. Pour consolider le remblai, il aurait fallu dépenser quelques centaines de mille francs de plus : la vie des hommes ne vaut pas cela, sans doute. La prudence prescrivait de construire des *garde-fous*, mais l'économie était d'un avis contraire. Qu'importe la vie des voyageurs à des hommes qui, avant l'exploitation, ont gagné en quelques mois plus que le chemin ne rendra jamais !

L'incroyable négligence du 10 juillet prouve l'imprévoyance odieuse des agens juifs des juifs Rothschild et Pereire. Qu'on ne fasse pas peser cependant toutes les fautes sur de malheureux employés, les coupables sont les chefs de l'administration. Honneur à la Presse indépendante, elle a loyalement réclamé. Justice pour les victimes. Quant à la presse vénale et corrompue qui vit d'annonces et de feuilletons, que nous importe son criminel silence, elle est jugée aux yeux du pays : elle est complice, elle a reçu les trente deniers, elle tient à faire son marché. Unissons-nous donc au cri loyal du journal de Lille : « Tout cela est horrible et demande justice. Qu'une enquête ait lieu, que ces cadavres soient vengés, s'il y a imprudence, que ces familles désolées et ruinées soient in-

demnisées par ceux qui exploitent la fortune publique. Nous réclamons une enquête sévère, un juge-
ment qui prouvera à tout le monde qu'il y a en
France des tribunaux où l'on juge en même temps le
cocher imprudent qui blesse un passant, et la compagnie Rothschild qui laisse 40 victimes dans un pré-
cipice. Justice ! il faut que justice soit faite ! »

Demain peut-être, pour étouffer cette immense
voix du peuple qui les condamne, ces hommes qui
se sont fait un jeu de la vie de leurs semblables, ces
hommes enrichis par le malheur public, ces hommes
qui, à la dernière heure, ont spéculé sur l'obole ta-
chée de sang, ces hommes qui ont gagné des millions,
jetteront peut-être aux victimes cent mille, deux cent
mille francs, et la foule des panégyristes criera :
Gloire à eux ! et les courtisans célèbreront la générosité et l'humanité de la compagnie Rothschild ; et
l'on criera plus que jamais :

Vive Rothschild Ier, roi des Juifs !

Loin de nous d'indignes clameurs : nous en appe-
lons à la justice contre ces hommes qui sacrifient le
sang humain au *Veau d'or*, contre ces hommes qui

ont tout vendu et qui veulent en vain étouffer les sen-
timens du cœur sous l'opprobre doré de l'intérêt
égoïste et matériel.

Georges DAIRNVÆLL.

NOTES CURIEUSES.

I.

S. M. Rothschild règne en souverain absolu sur la
ligne du Nord. Le 4 juillet, il a défendu par ordon-
nance royale émanée de sa chancellerie, le trans-
port des pigeons messagers qui, lâchés en Belgique,
apportaient à Paris la *côte* de Londres et d'Amster-
dam avant que S. M. en eut connaissance.

Depuis l'ouverture du *chemin de fer*, M. Rots-
child reçoit chaque jour le chiffre exact des recettes
de chaque voyage; cette connaissance lui donne la
facilité de faire à son gré baisser ou remonter les actions. Mais il redoutait les pigeons indiscrets. Pour
éviter cette concurrence incommode, il a rendu son
arrêt. Il suffira pour le faire cesser, de renvoyer le
roi des Juifs à M. le juge de paix.

II.

M. Rothschild, qui reçoit des princes à satable, et qui a assez de pouvoir pour obtenir livraison d'un chemin inachevé ; M. Rothschild qui demeurera impuni et dont la générosité a si peu pris l'initiative ; M. Rothschild était loin de jouir d'un aussi grand pouvoir auprès de M. le duc d'Orléans ; ce prince si affable pour tous, refusa toujours de recevoir M. le baron juif à sa table. Ce fut en vain que le riche israélite *témoigna* le désir d'assister, en 1842, aux fêtes de Chantilly, M. le duc d'Orléans refusa d'être son hôte. M. de Nemours que l'on dit si fier s'est cependant montré plus accommodant. Il est vrai qu'en 1842, le roi des Juifs donna une fête aux *légitimes* et que le château eut peur de voir un traité d'alliance signé entre *Meinherr* James et le prince de *Chambord*. Depuis cette velléité d'opposition, *James ne connait pas d'obstacle*. M. Laplagne se montre son dévoué serviteur et M. Dumon a pour lui toutes sortes de *complaisances*. Qu'importe si ces complaisances mettent en péril l'existence des voyageurs.

Ainsi, M. Onfroy de Bréville ayant formellement refusé de signer l'*acte* qui mettait le chemin de fer du Nord à la disposition du roi des Juifs, on a passé outre. Les marais de Rœux offraient un danger signalé par le génie militaire, on a passé outre. M. Onfroy de Bréville avait déclaré que le chemin offrirait des dangers certains s'il était livré à la circulation avant le mois d'octobre, mais les actions industrielles pouvaient baisser et chacun sait qu'elles *ont fort peu rapporté.*

L'intérêt du pays, les avis des ingénieurs, la vie des hommes, tout a été sacrifié à S. M. Rothschild. Aujourd'hui un rapport de M. Fessard ou Frisard, accorde un bill d'indemnité au roi des Juifs ; bien plus, son ami, M. Isaac Pereire, se met sur les rangs pour la députation. M. Isaac a des titres : d'abord, il est juif, puis il a gagné 3 millions dans les tripotages de bourse et de chemins de fer ; de plus, il est le complice de M. Rothschild : encore un titre !

Et maintenant, un seul mot, ce n'est pas à la croyance des juifs que s'adresse ce pamphlet, mais à l'âpreté, à l'insolence de quelques-uns de ces esclaves d'hier, affranchis et enrichis d'aujourd'hui, à leur soif de l'or et à leur inextinguible besoin de fortune et de puissance ! Ils consentent encore aujourd'hui à être protégés, demain ils seront protecteurs et maîtres, et le despotisme exercé par des affranchis est le plus flétrissant et le plus odieux des despotismes.

Nous ferions trop d'honneur à ceux qui nous atta-
quent en leur répondant. Personne ne peut dire qu'il
nous a fait taire ou parler à prix d'argent. Personne
ne le dira jamais. Nous pouvons avoir eu tort. Nous
avons toujours été de bonne foi, cela suffit à notre
justification.

Notre attaque contre M. Rothschild ne nous a été
dictée que par un seul sentiment, l'amour du bien
public ; c'est à ce sentiment que nous obéirons encore, que nous obéirons toujours,

Nous prions les personnes qui nous ont envoyé
des documens sur M. Rothschild de vouloir bien nous
faire tenir des preuves à l'appui. Nous leur donnerons
alors, mais seulement alors, la plus grande publicité.

FIN.

9 782019 324810